Les trois sorcières

Marie-Hélène Delval est née en 1944 près de Nantes. C'est l'habitude de lire des histoires à ses enfants qui l'a décidée à en écrire elle-même. Son imagination tournée vers la littérature fantastique l'a entraînée à peupler ses histoires d'ogres et de sorcières, mais aussi de petits enfants qui ressemblent à ceux d'aujourd'hui.

Du même auteur dans Bayard Poche :
Le pommier canoë - Rose cochon veut voir le monde -
La maison de Moufette - Un petit loup de plus -
L'ogre - Les deux maisons de Petit Blaireau -
Un petit frère pas comme les autres (Les belles histoires)
Le professeur Cerise - Les sept sorcières
Victor l'enfant sauvage (J'aime lire)

Colette Camil est née à Paris. Diplômée de l'ESAG (École supérieure d'arts graphiques), elle devient illustratrice, travaille essentiellement pour la presse (Bayard Presse) mais aussi pour l'édition. Ses ouvrages sont publiés chez Hachette, Robert Laffont, le Centurion.

Du même illustrateur dans Bayard Poche :
Helen, la petite fille du silence et de la nuit - Basile le robot -
Timothée, fils de sorcière (Les belles histoires)
Ivan le Magnifique (J'aime lire)

© Bayard Éditions, 1992
Bayard Éditions est une marque
du Département Livre de Bayard Presse
ISBN 2. 227. 721 40. 5

Les trois sorcières

**Une histoire écrite par Marie-Hélène Delval
illustrée par Colette Camil**

BAYARD ÉDITIONS

Il était une fois une petite maison
au pied de la montagne.
C'était la maison de la vieille Emma
et de Magali.
Magali était seule au monde
et la vieille Emma l'avait prise chez elle.

La vieille Emma
n'était ni bonne ni méchante.
Elle disait à Magali :
– Les balais sont faits pour balayer,
ma fille.
Et Magali balayait la maison.

La vieille Emma disait :
– Les bêches* sont faites pour bêcher,
ma fille.
Et Magali bêchait le jardin.
La vieille Emma disait :
– Les savons sont faits pour savonner,
ma fille.
Et Magali savonnait le linge.

* Ce mot est expliqué page 45, n° 1.

Le soir, Magali posait sur la table
deux gobelets* d'étain*,
deux assiettes de faïence*
et deux cuillères de bois,
et elle servait la soupe.

* Ces mots sont expliqués page 45, n° 2, n° 3 et page 46, n° 4.

Magali mangeait à sa faim,
elle avait un lit pour dormir.
Elle n'était pas malheureuse.
Elle n'était pas vraiment heureuse
non plus.

Parfois, la vieille Emma se fâchait.
Alors, elle criait,
en montrant la montagne
toute rouge au soleil couchant :
– Si tu ne travailles pas mieux,
    les Affreuses Bêtes de la Nuit
    viendront te prendre
    et elles t'emporteront à la forge*
        des Trois Sorcières !

                    Souvent,
        avant de s'endormir,
            Magali regardait
                la montagne
    et elle répétait tout bas :
            – Les sorcières...
                la forge
        des Trois Sorcières...

* Ce mot est expliqué page 46, n° 5.

Un jour, une tempête venue de très loin
se met à souffler sur la vallée.
D'énormes nuages de pluie
crèvent au-dessus de la petite maison.

Le vent souffle si fort
que les portes battent
et que les carreaux des fenêtres
se brisent.

La pluie tombe si serrée
qu'elle pénètre sous les tuiles du toit,
qu'elle dégouline par la cheminée
et qu'elle entre par les vitres cassées.

Au bout de trois jours,
quand la tempête s'apaise enfin,
la petite maison est sombre et glacée :
la pluie et le vent ont éteint le feu
et soufflé toutes les lampes,
jusqu'à la plus petite chandelle*.

* Ce mot est expliqué page 47, n° 6.

La vieille Emma et Magali
referment les portes,
elles réparent les carreaux,
elles épongent la maison.
Mais les allumettes sont si mouillées
qu'elles tombent en miettes.
Impossible de ranimer le feu
ou d'allumer une bougie.
Alors, elles dînent
d'un reste de soupe froide
et elles se couchent en grelottant
dans leurs lits humides.

Le lendemain,
la vieille Emma
passe la journée à se lamenter :
– Qu'allons-nous devenir,
sans feu pour cuire la soupe,
sans bougie pour nous éclairer ?

Quand le soir tombe,
la vieille Emma est toujours là,
devant sa cheminée éteinte,
à pousser des soupirs
gros comme une armoire.
Magali commence à en avoir assez.
Alors, elle se lève,
elle prend un bougeoir,
elle se glisse dehors sans bruit
et elle disparaît sur le chemin.

Magali suit un sentier qui grimpe.
Le soleil se couche déjà
et le sommet de la montagne rougeoit
comme un grand feu.
Magali pense :
– Si je trouve

la forge des Trois Sorcières,
j'aurai du feu pour ma bougie.
Nous pourrons cuire la soupe
et rallumer les lampes.
Et la vieille Emma
arrêtera de pleurnicher.

Le sentier grimpe de plus en plus
et la nuit devient tout à fait noire.
La montagne n'est plus
qu'une grosse masse sombre.
Magali pense :
– Et si les sorcières n'existaient pas ?
Et s'il n'y avait pas de forge ?

Soudain, elle aperçoit dans le noir
trois paires d'yeux luisants
qui la regardent.

Magali a peur, tout d'un coup.
Elle se rappelle
les paroles de la vieille Emma :
« Les Affreuses Bêtes de la Nuit
viendront te prendre... »
À ce moment, les nuages s'écartent
et la lune apparaît.
Alors, Magali découvre
devant elle
un chat noir,
un corbeau et une bête étrange
avec un museau de chien,
des griffes de lion
et des ailes de hibou.
Les trois bêtes
la regardent avec
leurs yeux jaunes.
Magali a si peur
qu'elle n'ose
plus bouger.
Mais elle serre
très fort sa bougie
et elle pense :
– Allons, ce n'est
qu'un chat,
un corbeau et
une bête à tête de chien !

26

Alors, Magali avance d'un pas.
Elle caresse le chat,
elle donne au corbeau un reste de pain
qu'elle avait dans sa poche
et elle dit à la bête :
– Comme tu es beau !
Je n'avais jamais vu une bête comme toi.
Comment vous appelez-vous,
tous les trois ?
Le chat remue ses moustaches
et il miaule :
– Je suis le Chat Noir.
Le corbeau bat des ailes et il croasse :
– Je suis le Corbeau.
La bête lève son museau de chien
et elle grogne :
– Je suis le Gargougriffu.
Et tous les trois ensemble, ils ajoutent :
– Nous sommes
les Affreuses Bêtes de la Nuit.
Que viens-tu chercher dans la montagne ?
Alors, Magali se met à parler très vite
et très fort :
– Mais vous n'êtes pas du tout affreuses !

S'il vous plaît, conduisez-moi
à la forge des Trois Sorcières.
Il n'y a plus de feu chez nous et j'ai besoin
d'une flamme pour ma bougie.
Les trois bêtes regardent Magali
avec leurs yeux jaunes.
Puis elles disent :
– Viens avec nous.

Quand Magali arrive à la forge,
les trois sorcières
mettent la table pour le dîner
avec de la vaisselle d'or.
L'énorme feu de la forge
flambe derrière elles.

Le cœur de Magali
cogne à grands coups
dans sa poitrine.

Les sorcières demandent :
– Qu'est-ce que c'est que cette fille ?

Les bêtes entourent Magali :
– Elle m'a caressé, dit le Chat Noir.
Alors la première sorcière déclare :
– C'est bien.
Et elle se met à forger un gobelet d'or.

– Elle m'a donné du pain, dit le Corbeau.
La deuxième sorcière dit :
– C'est bien.
Et elle se met à forger une assiette d'or.

– Elle m'a trouvé beau,
dit le Gargougriffu.
Alors la troisième sorcière
forge une cuillère d'or.
Et elle ordonne :
– Assieds-toi, ma fille,
et soupe avec nous.
Magali répond :
– Merci beaucoup. Mais ce qu'il me faut,
c'est une flamme pour ma bougie,
car il n'y a plus de feu chez nous
et la vieille Emma
n'arrête pas de pleurnicher.

La première sorcière
se penche vers Magali :
– Veux-tu vraiment
retourner chez la vieille Emma ?
Reste avec nous.
Les balais
ne servent pas seulement à balayer
mais aussi à voyager.

La deuxième sorcière murmure :
– Reste avec nous.
Les légumes à soupe
poussent
dans le jardin.
Mais
dans la montagne,
on cueille les plantes qui tuent
et les plantes qui guérissent.

La troisième sorcière lui dit à l'oreille :
– Reste avec nous.
Dans ton baquet,
tu savonnes les draps blancs
pour y dormir.
Dans notre chaudron,
nous cuisons les potions*
qui ouvrent la porte des rêves.

* Ce mot est expliqué page 47, n° 7.

Magali secoue la tête :
– Je ne sais pas si je peux rester.
Je voudrais bien que la vieille Emma
arrête de pleurnicher.
S'il vous plaît,
laissez-moi repartir
avec ma bougie allumée.

Les sorcières disent :
– C'est bien.
Fais comme tu veux.
Allume ta bougie et va.

Puis les sorcières ajoutent sur la nappe
le gobelet d'or, l'assiette d'or
et la cuillère d'or et elles disent :
– Regarde,
ton couvert est mis à notre table.
Quand tu en auras envie,
tu pourras revenir.

Magali sourit
et elle murmure :
– Je reviendrai
peut-être
oui, peut-être bien
que je reviendrai...

Puis elle allume
sa bougie
au feu de la forge
et elle redescend
la montagne.

Les Affreuses Bêtes de la Nuit
l'accompagnent
jusqu'au tournant du chemin.
Magali se retourne.

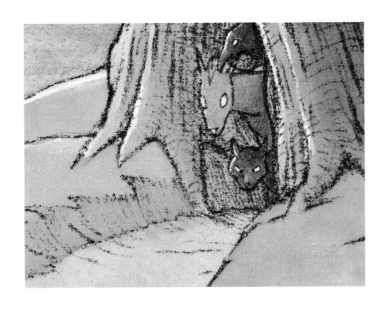

Le Chat Noir, le Corbeau
et le Gargougriffu
la regardent avec leurs yeux jaunes.
Alors Magali
leur fait un signe de la main,
puis elle part en courant.

Un moment plus tard,
les lumières se rallument
dans la petite maison
au pied de la montagne
et la cheminée recommence à fumer.
Alors, le Chat Noir
remue ses moustaches
et il dit :
– Attendons qu'elle revienne.
Le Corbeau bat des ailes et il dit :
– Oui, attendons.
Le Gargougriffu ne dit rien,
mais il sourit
en plissant son museau de chien.

LES MOTS DE L'HISTOIRE

1. Une **bêche** est une grosse pelle.
Elle sert à retourner
la terre dans les jardins.

2. Un **gobelet,**
c'est un verre en métal ou en plastique.

3. L'**étain,** c'est un métal gris.
Dans l'ancien temps,
les gens riches avaient
des assiettes
et des gobelets en étain.

4. Des objets en **faïence**
sont des objets en terre cuite
peinte et vernie.

5. Une **forge** est un endroit
où les ouvriers travaillent le métal
avec un marteau sur un feu.

6. La **chandelle,**
c'était une espèce
de bougie
qui fumait beaucoup.

7. Une **potion,**
c'est un médicament à boire.

Achevé d'imprimer en février 1994 par Ouest Impressions Oberthur
35000 Rennes - **N°** 14932
Dépôt légal éditeur N° 1726 - Juillet 1992
Imprimé en France